AF317132

L'AMI DE LA MAISON.

COMÉDIE

EN TROIS ACTES ET EN VERS

MÊLÉE D'ARIETTES.

Les paroles font de M. de MARMONTEL *, de l'Académie Françoife ; & la Mufique eft de* M. GRETRY *.*

A PARME

DE L'IMPRIMÉRIE ROYALE

M. DCC. LXXX.

ACTEURS.

CÉLICOUR.

AGATHE.

ORFISE.

ORONTE frere d'ORFISE, & Pere de CÉLICOUR.

CLITON, ami d'ORFISE.

Un LAQUAIS.

*Le lieu de la Scene
est une Maison de Campagne.*

ACTE PREMIER.

Le Théatre repréfente un Sallon.

SCENE PREMIERE.

CELICOUR, AGATHE.

CELICOUR

Belle Coufine, he quoi vous me fuyez toujours?
Je ne fuis en ces lieux que depuis quinze jours,
    Et de m'y voir vous être laffe?
    Les heureux momens que j'y paffe
    Ne feront-ils pas affez courts?

AGATHE.

AIR.

    Je fuis de vous très-mécontente,
    Très mécontente, entendez-vous?
    Je vous croyois docile & doux;
    Vous avez trompé mon attente.
    Je fuis de vous très-mécontente,
    Très-mécontente, entendez-vous?
        Eh quoi! fans ceffe
        Suivre mes pas?
    Chercher mes yeux; me parler bas?
    Et me fourire avec fineffe?
        Belle fineffe!
    Vous croyez qu'on ne vous voit pas?
    Je fuis de vous, &c.

Des vivacités
Sans fin, fans nombre !
Vous vous dépitez ;
Vous devenez fombre ;
Vous ne me quittez
Non plus que mon ombre :
Toujours affis à mes côtés ;
Je fuis de vous, &c.

CELICOUR

Pardon, belle Coufine : oui, je fuis trop fenfible.
Je devrois retenir ces premiers mouvemens ;
  Mais fe vaincre à tous les momens,
  L'effort eft pour moi trop pénible.
  Près de vous mes empreffemens
  N'ont pas, je crois, befoin d'excufe.
Quant aux vivacités, dont je fais qu'on m'accufe,
Rien de plus pardonnable. Avec moi, fans façon,
  Je vois que tout le Monde en ufe,
C'eft à qui tous les jours me fera la leçon.

AGATHE

C'eft un avis pour moi.

CELICOUR

   Vous favez bien que non.
  Jamais l'amitié n'humilie.
Mais il n'eft pas ici, jufqu'à Monfieur Cliton,
  Qui fans ceffe avec moi s'oublie,
  Et prétend me donner le ton.

AGATHE

   Pour celui-là je vous fupplie
De le ménager.

CELICOUR

Moi !

AGATHE

   Vous même, & pour raifon ;
  Car c'eft l'Ami de la Maifon.

CELICOUR

Vraiment votre Mere en eft folle ;
Et comme elle chacun le croit, fur fa parole,
  Un favant, un fage, un Caton.

AGATHE

Eh bien! laiffez-les croire.

CELICOUR

Oh! tout cela me bleffe.

AGATHE

Mais, mon petit Coufin, je ne fais pas pourquoi.

CELICOUR

Par exemple, là, dites-moi,

S'il eft bien qu'avec lui votre Mere vous laiffe
Des heures tête à tête?

AGATHE

Il le trouve affez doux.

CELICOUR

Je le crois bien.

AGATHE

Raffurez-vous.

Un fage eft exempt de foibleffe.

CELICOUR

Un fade adulateur, un cenfeur importun,
  Tombé céans comme des nues,
  Dont les mœurs vous font inconnues,
Et dont l'état confifte à n'en avoir aucun :
Voilà ce qu'on appelle un fage.

AGATHE

Oui, c'en eft un;

Car il le dit.

CELICOUR

La preuve eft claire.

AGATHE

D'abord, il n'eft jamais de l'avis du vulgaire.

CELICOUR

C'eft n'avoir pas le fens commun.

AGATHE

De plus il méprife un chacun.

CELICOUR

Qui, je crois, ne l'eftime guere.

AGATHE

Il raifonne de tout.

C E L I C O U R
Et n'a jamais raifon.
A G A T H E
Sait l'Hiftoire , la carte & même le Blazon .
C E L I C O U R
Science rare !
A G A T H E
Et néceffaire.
Sur un globe avec lui je parcours l'Univers :
Dans les temps reculés avec lui je me perds,
C'eft lui qui m'inftruit, qui m'éclaire ;
Il veut me rendre habile.
C E L I C O U R
Eh bien , moi , je vous dis,
Qu'il a des deffeins plus hardis.
A G A T H E
Eh ! quels deffeins ?
C E L I C O U R
Mais , de vous plaire .

A G A T H E   *Duo .*   C E L I C O U R

Vous avez deviné cela ;	Sans être fin, fans être habile,
C'eft être fin, c'eft être habile	J'ai fort bien deviné cela .
Que d'avoir deviné cela.	Vous, qu'il appelle fa pupille,
Moi, qu'il appelle fa pupille,	Defiez-vous de ce nom là .
Me défier de ce nom là ?	Je fuis certain qu'il en tient là .
Vous avez deviné cela.	*Montrant le cœur.*
Croyez plutôt qu'il en tient là .	Ses yeux cent fois m'ont dit la
Montrant la tête.	chofe,
Ses yeux difent-ils quelque chofe?	Défiez-vous de ces yeux-là ;
Je n'ai pas peur de ces yeux-là.	On voit qu'il défire & qu'il
Il n'ofe,	n'ofe,
Croyez plutôt qu'il en tient là.	Je fuis certain qu'il en tient là.
A la tête.	*Au cœur.*

C E L I C O U R
Et s'il fe réferve à lui-même
Un prix qu'il n'étoit dû qu'à moi, qu'à mon amour ?
A G A T H E
Vous n'y penfez pas, Célicour,
Eft-ce que vous m'aimez ?

CELICOUR
                    Oh Ciel! si je vous aime?
En doutez-vous, Agathe?
                    AGATHE
                    Et qui me l'auroit dit?
CELICOUR
Qui? Mon ravissement, mon trouble, mon ivresse,
De mon cœur agité la joie & la tristesse,
            L'inquiétude & le dépit;
Tout, jusqu'à mon silence.
                    AGATHE
                    Oh! je n'ai pas l'adresse
D'expliquer le silence.
                    CELICOUR
                    Et mes soins assidus,
Mes soupirs, mes regards qui vous parloient sans cesse.
                    AGATHE
Je ne les ai pas entendus.
                    CELICOUR
Je ne m'étonne plus de vous voir si paisible;
Je vous paroissois fou; vraiment, je le crois bien;
            Votre coeur étoit insensible
            A tous les mouvemens du mien;
            Mais non, cela n'est pas possible:
Par exemple, cent fois, en vous donnant la main,
J'ai pressé doucement la votre dans la mienne.
                    AGATHE
Je ne l'ai pas senti, du moins qu'il me souvienne.
                    CÉLICOUR
            Et l'autre jour, dans le jardin,
            Quand je louai tant cette rose,
            Fraîche, vermeille, à demi close.
                    AGATHE
A tout cela je n'entends rien.
Et je ne sais jamais que ce qu'on me dit bien.
                    CELICOUR *vivement.*
Je vous dis donc que je vous aime;
Que je veux être votre époux;

Et que je ne puis voir ſans un dépit extrême,
Qu'un autre oſe prétendre à des liens ſi doux.
M'entendez-vous enfin?

A G A T H E

Oui; vous êtes jaloux.
Cela fait bien du mal.

C E L I C O U R

Il dépend de vous-même
De m'en guérir, de me calmer.

A G A T H E

Que faut-il pour cela?

C E L I C O U R

M'aimer.

A G A T H E

Vous aimer! après? je ſuppoſe
Que nous nous aimons, croyez-vous
Qu'à nous unir on ſe diſpoſe?
Et qu'avec vos vingt ans vous soyez bien l'époux
Qu'à votre Couſine on propoſe?

C E L I C O U R

Ah! quel malheur vous m'annoncez!
J'en mourrai de douleur; mais avant que je meure
Ditez-moi ſeulement, je t'aime: c'eſt aſſez.

A G A T H E

Oui, je vous aime, à la bonne heure:
Mais, plus d'impatience, ou je me fâcherai.

C E L I C O U R
(très-vivement.)

Oh! non, je me poſſéderai;
A préſent, rien n'eſt plus facile;
Mais ſi Monſieur Cliton vient m'echauffer la bile . . .

A G A T H E

Eh bien? que ferez-vous?

C E L I C O U R

Je . . . .

A G A T H E

Quoi?

CELICOUR
> Je me vaincrai.
> Je fuis aimé, je fuis tranquille;
> Et plein de bonheur, je le renfermerai.

SCENE II.

ORONTE, CELICOUR, AGATHE.

ORONTE
Ah! mon Fils, te voilà? tant mieux, je te cherchois.
Réjouis-toi, ma Sœur... quelle Sœur!... quelle femme!...
Tu le favois, Agathe, & tu nous le cachois.
AGATHE
Moi! non; je ne fais rien.
ORONTE *à Célicour*
> Elle a lu dans ton ame;
> Elle met le comble à tes vœux.
CELICOUR
Ah! mon Pere!
ORONTE
> Oui, mon Fils, dès demain, fi tu veux,
> Tu peux partir.
CELICOUR
Comment?
ORONTE
> Du bien que je pofféde,
Elle a fu que j'allois employer la moitié
Pour ton avancement; elle vient à mon aide;
> Et fa généreufe amitié
Te fait don du brevet qui t'ouvre la carriere.
Rien ne s'oppofe plus à ton ardeur guerriere,

La Fortune t'appelle, & la Gloire t'attend;
Te voilà Capitaine.

CELICOUR

O ciel !

ORONTE

Es-tu content ?

CELICOUR *avec embarras*.

Je me fens pénétré des bontés de ma Tante.
Mais, vous mon Pere....

ORONTE

Eh bien ?

CELICOUR

Vous, de qui je dépends,

A recevoir fes dons faut-il que je confente?
C'eft le bien de fa Fille; & c'eft à fes dépens....

AGATHE

Célicour, avez-vous envie
De ne plus me revoir? C'eft eft fait pour la vie,
Si vous répétez ce mot-là.

CELICOUR

Je me tai.

ORONTE

Oui, laiffons cela.

Tu n'as plus rien qui te retienne;
Et mon impatience eft égale à la tienne.
Allons, viens d'abord t'acquitter
De ce devoir fi doux, de la reconnoiffance.

CELICOUR

retenant Agathe qui veut s'en aller.

Un moment, chere Agathe, avant de nous quitter.
Mon Pere, écoutez-moi.

ORONTE

Qu'eft-ce? Une confidence ?

CELICOUR

Mon Pere!

ORONTE

Au fait.

CELICOUR

Depuis que nous fommes ici,

Je n'ai ceffé de voir Agathe.

ORONTE

Elle eft jolie,

Ta Coufine!

CELICOUR

Ah! charmante!

ORONTE

Elle eft douce, polie,

Je l'aime tout-à-fait.

CELICOUR

Hélas! je l'aime auffi.

ORONTE

Je n'ai pas de peine à le croire.
Hé bien! mon Fils, l'amour eft le prix de la gloire;
Il vous en a lui-même applani le chemin;
Soyez digne d'Agathe, & méritez fa main.

AIR

Rien ne plaît tant aux yeux des Belles
Que le courage des Guerriers;
Qu'ils foient vaillans, qu'ils foient fideles,
A leur retour je reponds d'elles;
L'Amour fous les lauriers
N'a point vu de cruelles.
Rien ne plaît tant aux yeux des Belles
Que le courage des Guerriers.
Sous les drapeaux, quand la trompette fonne,
Chacun fe dit » Voilà l'inftant,
» L'Amour m'attend.
» Et dans fes mains eft la couronne,
» Qu'il nous regarde, & qu'il la donne
» Au plus vaillant,
» Au plus brillant;
» Voilà l'inftant,
» L'amour m'attend.
» Et dans fes mains la couronne,
Il a raifon, l'Amour l'attend.
Rien ne plaît tant, &c.

CELICOUR *vivement.*

Je ferai mon devoir: je ferai, je l'efpére,

Digne de ma maîtresse, & digne de mon Pere;
Je brûle de servir ma Patrie & mon Roi;
　　　Et vous serez content de moi.
　　　　　ORONTE
　　Allons, j'en accepte l'augure.
　　　　　CELICOUR
Hé! vous pouvez-y croire, & mon coeur vous l'assure:
De l'amour à la gloire on me verra voler;
Tout ce que je demande avant de m'en aller,
　　　C'est de m'unir à ce que j'aime.
　　　　　ORONTE
Quoi? mon Fils, à ton âge?
　　　　　CELICOUR
　　　　　　　　Ah! mon Pere, un Soldat
Est si pressé de vivre! & vous savez vous-même
Que personne n'est jeune au moment d'un combat.
Si je meurs son époux je meurs digne d'envie;
Mon Pere, laissez-moi lui donner de ma vie
Deux beaux jours seulement; le reste est à l'Etat.
　(à *Célicour*)　　　AGATHE　　　(à *Oronte*)
Vous me faites trembler : non, Monsieur, non, ma Mere
N'y consentiroit pas; elle veut l'éloigner;
　　　Il lui déplaira s'il différe;
J'en suis sûre, & je veux du moins vous épargner
La douleur d'un refus marqué par sa colere.
　　　　　ORONTE
　　Elle a plus de bon sens que toi,
Mon Fils.
　　　　　CELICOUR
　　Ah! que n'a-t-elle autant d'amour que moi?
　　　　　ORONTE
Es-tu donc si pressé? Vois un peu la folie
D'épouser à vingt ans femme jeune & jolie,
Et de la laisser là.
　　　　　CELICOUR
　　　Mon Pere, vous savez
　　Quels sont les écueils de mon âge;
　　Vous m'avez tant dit d'être sage!

Aidez-moi donc à l'être , hélas ! vous le pouvez ;
    Pour la fougue de la jeuneſſe
    Eſt-il un frein plus aſſuré
Que ce lien chéri , que ce noeud révéré ,
Dont l'amour & l'honneur nous occupent ſans ceſſe ?

ORONTE

    Oui , je ſens bien que le devoir
    Peut beaucoup ſur une ame honnête ;
    Et ma Soeur n'auroit qu'à vouloir ;
    Moi je m'en ferois une fête.

AGATHE

Mon Oncle , perdez cet eſpoir.

TRIO.

CELICOUR.	ORONTE.	AGATHE.
Laiſſez agir , mon Pere ,	Voyez, je ſuis bon Pere ,	Je connois bien ma Mere,
Il peut , avec douceur ,	Je puis , avec douceur ,	Sévere avec douceur,
Lui dire: Allons, ma Sœur,	Lui dire: Allons, ma Sœur,	Elle diroit, non, non, mon
Ma Sœur, point de colere,	Ma Sœur, point de colere ,	Frere ,
Nos enfans n'ont pas tort ;	Nos enfans n'ont pas tort ,	Vous avez tort ,
Comme eux ſoyons d'ac-	Comme eux ſoyons d'ac-	Ma Fille à tort.
cord.	cord.	

Enſemble.

CELICOUR.	ORONTE.	AGATHE.
Elle diroit , ils n'ont pas	Je lui dirois, ils ſont d'ac-	Elle diroit, ma Fille a tort.
tort.	cord.	

ORONTE

Eſt-ce la fortune
Qui fait les heureux ?

CELICOUR

S'aimer en eſt une
Qui remplit nos vœux.

AGATHE

La mode importune
S'oppoſe à ſes nœuds .

CELICOUR.	ORONTE.	AGATHE.
Eh quoi ! l'amour eſt-il un	Eh quoi ! l'amour eſt-il un	Elle diroit, oui , c'eſt un
tort ?	tort ?	tort.
Non , non : l'amour n'eſt	Non , non : l'amour n'eſt	
pas un tort.	pas un tort.	

Fin du premier Acte.

ACTE SECOND.

SCENE PREMIERE.

AGATHE, ORONTE, & *ensuite* CÉLICOUR.

ORONTE

Je ne puis donc la voir ?

AGATHE

C'eſt l'heure de l'étude.

ORONTE

Mon Fils eſt d'une inquiétude ! . . .

AGATHE

De grace, oppoſez-vous à ſa vivacité ;
Qu'il ſoit ſage, & me laiſſe faire.
Cliton croit ſe jouer de ma ſimplicité ;
Mais je veux qu'il nous ſerve, & j'en fais mon affaire.

AIR.

Je ne fais ſemblant de rien,
Mais j'obſerve, j'examine,
D'un coup d'œil je les dévine,
Paix donc, paix ; tout ira bien.
Je vois de loin ſon adreſſe,
Et ſous cappe je m'en ris ;
Le chat guette la ſouris ;
Mais au piege, qu'il me dreſſe
Lui-même, il va ſe voir pris.
Je ne fais ſemblant, &c.

CELICOUR

Ah! vous me rendez le courage,
Belle Agathe; je vous devrai
Le bonheur de ma vie : il fera votre ouvrage.

AGATHE

Pour ma peine avec vous je le partagerai.

ORONTE

J'en ai peu vu, je l'avouerai
D'auffi fine qu'elle à fon âge.

AGATHE

J'entends ma Mere, évitons-la,
Moi de ce coté-ci, vous de ce coté-là :
Ceci pourroit enfin lui donner de l'ombrage.

(*Ils fortent tous trois.*)

SCENE II.

ORFISE, CLITON.

ORFISE

Pour cela, non, jamais; il y peut renoncer.
Je veux même au plutôt qu'il s'éloigne & l'oublie.
Jufte Ciel! à quelle folie
Je donnois lieu fans y penfer.

AIR.

On dit fouvent qu'il eft doux d'être mere :
En le difant, hélas! on ne fait guere
Ce qu'il en coûte de regrets.
Le Ciel nous rend une faveur fi chere,
Et la douleur la fuit de près.
Le jour, la nuit dans les allarmes,
En tremblant on cede au fommeil:
Et quelle mere à fon réveil
N'a jamais répandu des larmes.
Non jamais
Il n'eft pas poffible d'être en paix;
Non jamais,
Un cœur fenfible n'eft en paix.
On dit fouvent, &c.

b

SCENE III.

ORONTE, CELICOUR, ORFISE, CLITON.

ORONTE
Ma Soeur, voilà mon Fils qui vient vous rendre graces.
ORFISE
Mon Neveu, votre Pere a bien servi le Roi.
C'eſt à vous de ſuivre ſes traces.
CELICOUR
Son exemple, Madame, & ce que je vous dois,
Préſent à mon eſprit, m'occupera ſans ceſſe.
ORFISE
Quand partez-vous ?
CELICOUR
Bientôt.
ORFISE
Au plutôt, croyez-moi.
CLITON *gravement.*
C'eſt dans l'oiſiveté que ſe perd la jeuneſſe.
CELICOUR *à demi voix.*
Ho ! Monſieur !
ORFISE
C'eſt voir prudemment.
Mon Frere, allons, point de foibleſſe ;
Son équipage fait qu'il parte inceſſamment.
Mon Neveu, la raiſon, le devoir, tout exige
Que vous ſoyez au moins deux ans loin de Paris.
CELICOUR
Deux ans, ma Tante !
ORFISE
Au moins, vous dis-je.

C E L I C O U R

Mon Pere !

O R O N T E

Ma Soeur !

O R F I S E

Je l'afflige ;
Mais mes bontés font à ce prix .

(*Oronte emmene fon Fils*)

S C E N E   IV.

O R F I S E ,   C L I T O N .

C L I T O N

Vous avez fait, Madame, une chofe admirable .

O R F I S E

J'ai fuivi vos confeils .

C L I T O N

Ah ! vons les devancez.
Toujours le mieux poffible eft ce que vous penfez.
Quelle ame ! quelle ame adorable !
On ne vous connoît pas ; je voudrois que l'on fût
Tout ce que vous valez, Madame.
De l'homme, à ce qu'on dit, la force eft l'attribut ;
Mais la délicateffe eft celui de la femme .
Ce que nous méditons , vous l'avez deviné ;
Et la raifon en nous qu'on vante,
Eft bien plus tardive & plus lente
Que cet heureux inftinct , qui chez vous eft inné.

O R F I S E

Ah ! Cliton, que l'on gagne au commerce d'un fage !
Vous m'ennobliffez à mes yeux,
Je ne fais pas fi je vaux mieux ;
Mais je m'eftime davantage.

CLITON
Non, Madame, non, pas aſſez ;
Vous êtes encore trop modeſte.
ORFISE
Vous croyez ?
CLITON
    Vous êtes céleſte.
ORFISE
Mais vous, peut-être, auſſi vous vous éblouiſſez ?
CLITON
Eh ! non, Madame, non, j'en appelle à vous-même.
ORFISE
Il faut que la louange ait un poison bien doux.
Tout le Monde la craint, & tout le Monde l'aime ;
Je ſens que je devrois me défier de vous ;
Vous me flattez, Monſieur ; je me le dis ſans ceſſe ;
Et tel eſt votre empire, & telle eſt ma foibleſſe,
Que je vous crois vous ſeul, plus que moi, plus que tous.
Mais enfin, ſe peut-il que je ſois accomplie ?
L'amitié dans un sage eſt-elle une folie ?
Se fait-elle un devoir de tirer le rideau
Sur tout ce qui dépare une image embellie ;
Ou bien, comme l'Amour, a-t-elle ſon bandeau ?
CLITON
    Pourquoi non ? Madame, peut-être
Avez-vous des défauts que je ne puis connoître,
    Que vous-même vous effacez,
    Qu'avec art vous embelliſſez ?
ORFISE
Avec art ! moi, Cliton ! Ce reproche m'allarme :
Je ne connois point d'art.
CLITON
    Ma foi ! c'eſt donc un charme,
Un charme inconcevable.
ORFISE
    Ah ! vous me raſſurez.
Mais ſi le charme ceſſe, au moins vous l'avoûrez ?

CLITON
Oui, Madame ; croyez que jamais je ne flatte .
Par exemple , je vous dirai
Que ce beau naturel , que j'ai tant admiré ,
Dégénere un peu dans Agathe.
Elle a de l'enjouement , de la vivacité ,
Même quelque lueur de fenfibilité :
Mais ce tact de l'efprit , cette raifon fublime ,
Ce feu divin , qui vous anime ,
Pardon , je ne crois pas qu'elle en ait hérité ,
Je fens que je fuis trop févere :
Je devrois un peu plus ménager une Mere ;
Mais je n'ai jamais fu trahir la vérité.

ORFISE
Un cœur que vous formez, fera du moins honnête .

CLITON
Oui , je vous réponds de fon cœur,
Mais je commençois d'avoir peur
Que le petit Coufin ne lui tournât la tête .

AIR
Dans la brûlante faifon,
Vers la fin d'un jour tranquille,
Vous voyex fur l'horifon
Comm'une vapeur fubtile ;
Ce n'eft d'abord qu'un éclair,
Qui voltige & qui fend l'air ;
Bientôt s'éleve un nuage,
Et ce nuage s'étend,
Le Ciel gronde, & dans l'inftant
L'éclair devient un orage :
C'eft tout de même en amour,
Et de l'éclair au ravage
L'intervalle n'eft qu'un jour.

ORFISE
Il faut à ma Fille, à fon âge,
Un guide sûr, un homme fage ;
Et fans parler du bien , qui manque à mon Neveu ,
Jamais cet amour-là n'auroit eu mon aveu.

CLITON
Quelle Mere !

ORFISE

Ajoutez, quel ami! dont le zele
Penfe à tout! prévoit tout! Mon fexe a bien raifon!
Un homme eft un ami pour nous bien plus fidele
Qu'une femme. En effet, quelle comparaifon!
De deux femmes en liaifon,
Le goût n'eft qu'une fantaifie;
La vanité, la jaloufie
Y mêlent bientôt leur poifon.
Dans fon amie on voit fans ceffe une rivale;
Dès qu'on l'efface, on lui déplaît.
On ne peut la fouffrir à moins qu'on ne l'égale;
Et dès qu'on lui céde on la hait.
Des triomphes de fon amie
Un homme, au contraire, eft flatté.
Avec elle il eft fans envie,
Comm'il eft fans rivalité.
Certaine voix confufe en eux fe fait entendre,
Qui leur dit, foyez de moitié;
Ce n'eft point de l'amour; on eft loin d'y prétendre;
Mais c'eft un intérêt plus délicat, plus tendre,
Plus vif que la fimple amitié.

CLITON

A merveille, cette peinture
Rend le cœur humain trait pour trait,
Et l'on dirait que la Nature
Vous a révélé fon fecret.

ORFISE
(à un Laquais)   (à Cliton)
Hola! quelqu'un.... ma Fille .... Il eft tems qu'elle vienne
Prendre sa leçon. Vous ferez
Seul avec elle, & vous lirez
Dans fon ame.

CLITON
Oh! j'y vois plus clair que dans la mienne.

S C E N E V.

CLITON , ORFISE , AGATHE.

ORFISE
Voilà bien des jours diſſipés ,
Ma Fille , & perdus pour l'étude .
AGATHE
Hélas ! oui.
CLITON
Nos moments feront mieux occupés.
ORFISE
Allons , reprénez l'habitude
D'une fage application.
AGATHE
C'eſt bien mon inclination.
Mais mon Coufin voulait fans ceffe
Que nous fuffions enfemble ; il aime à s'amufer ,
Mon coufin ; moi , par politeffe ,
Je n'ofois pas le refufer.
ORFISE
De quoi parliez-vous ?
AGATHE
Bon ! que fais-je ?
Des tours qu'il faifoit au College ,
Quand il étoit petit garçon ,
De l'exercice , du manége ,
De la guerre , & de la façon
Dont il fe conduiroit pour avoir de la gloire.
Tout cela m'ennuyoit , comme vous pouvez croire ;
Et j'aimois bien mieux ma leçon
De Géographie & d'Hiftoire.

CLITON

Elle eſt naïve.

ORFISE

Elle a du moins
La franchiſe de l'innocence.
Je vous laiſſe .... Ah! Cliton, quelle reconnoiſſance
Ne devrai-je pas à vos ſoins!

SCENE VI.

CLITON, AGATHE.

CLITON

Allons, Mademoiſelle, il faut vous rendre digne
D'une Mere accomplie.

AGATHE

Hélas! je le veux bien.

CLITON

Quelle docilite! Vous le voulez? Eh! bien:
Cette émulation eſt d'abord un bon ſigne.
Vos cartes, votre globe.

AGATHE

Ah! je les ai laiſſés.

Je vais ....

CLITON

Non, demeurez: c'eſt moi ....

AGATHE

Vous ne ceſſez
De vous donner pour moi des peines!

CLITON

Qu'elles vous plaiſent, c'eſt aſſez. (*il ſort.*)

SCENE VII.

AGATHE *seule*.

Je te réponds qu'elles font vaines.

AIR

Si quelquefois tu fais rufer,
Amour, apprends moi l'art de feindre,
Tu n'aura jamais à t'en plaindre,
Je ne veux point en abufer.
Ne crains pas qu'un voile trompeur
A mon Amant cache mon ame,
C'eft au pur éclat de ta flamme
Qu'il lira toujours dans mon cœur.
Si quelquefois tu fais rufer, &c.

SCENE VIII.

AGATHE, CLITON. (*ils s'affeyent*)

CLITON
Quel Pays avons-nous parcouru?
AGATHE
L'Italie.
CLITON
Comment! vous vous en fouvenez?
AGATHE
Oh! n'ayez pas peur que j'oublie
Les Leçons, que vous me donnez.

CLITON

Nous allons à préfent voyager dans la Grece,
      Pays autrefois fi vanté,
Où fleuriffoient les arts, les talents, la beauté,
      La poéfie enchantéreffe.

AGATHE

Ah! que j'aurois voulu voir ce beau Pays-là!

CLITON

      Oui, belle Agathe, c'étoit-là
      Que vous étiez digne de naître,
      Avec ces attraits ingénus,
      Si l'on vous avoit vu paroître
A la fête d'Hébé, de Flore, de Vénus.

AGATHE

Flore, Vénus, Hébé, ces noms me font connus.

CLITON

      Affurément ils doivent l'être.

AGATHE

   - Flore, la Déeffe des Fleurs,
      Hébé, celle de la Jeuneffe;
      Mais Vénus?

CLITON

         La reine des coeurs,
Des Plaifirs l'aimable Déeffe.

AGATHE

      Hé! oui, la mere de l'Amour
      Dont les Plaifirs formoient la cour,
      Et dont les Jeux fuivoient les traces,
      Je lifois cela l'autre jour.

CLITON

Vous oubliez vos Soeurs.

AGATHE

         Moi! Mes foeurs! Qui?

CLITON

                  Les Graces.

AGATHE

Ah! les Graces mes foeurs!

C L I T O N
En les nommant ainsi, soyez bien sûre, Agathe,
    Que ce n'est pas vous que je flatte.
A G A T H E
Toujours à vos leçons vous mêlez des douceurs;
Mais ces fêtes d'Hébé, de Vénus & de Flore,
    Cela devoit être bien beau.
C L I T O N
    Hélas! si beau, que même encore
Le souvenir en est un magique tableau.

A I R
Ah! dans ces fêtes
Que de conquêtes
L'Amour n'eût pas
Fait sur vos pas!
Dans quelle ivresse,
Toute la Grece
N'eût elle pas
Célébré tant d'appas!
On eût dit, la voilà, c'est elle
Qui ne le céde qu'à Cypris,
Donnons le prix
    A la plus belle,
La voilà, la voilà, c'est elle;
    A la plus belle
    Donnons le prix.
La Grece avoit des sages,
Vous les auriez vu tous
Aux pieds de vos images
Préfenter les hommages
Et les vœux les plus doux.
Oui, leur encens n'eût brûlé que pour vous.
Ah! dans ces fêtes, &c.

A G A T H E
Je suis confuse, en vérité;
Si l'on avoit la vanité
De vous croire ..... est-ce donc là comme
Un sage? .....
C L I T O N
    Agathe, un sage est homme;
La sagesse n'est pas l'insensibilité.

AGATHE
Quoi! vous n'êtes pas infensible?
CLITON
Infenfible avec vous? Le croyez-vous poffible?
AGATHE
Allons, voyons la Grece.
CLITON
Oh! pas encor.
AGATHE
Laiffez,
Laiffez mes mains.
CLITON
Je céde au pouvoir invincible ......
AGATHE *en fe levant.*
Vous n'y penfez pas: finiffez ....

DUO.

CLITON
Plus de myftere,
Plus de détour.
Non, non l'amour
Ne peut fe taire.
C'eft une ivreffe que l'amour.
AGATHE
Qu'avez-vous donc qui vous altere?
A nos leçons que fait l'amour?
CLITON
C'eft comm'un feu qui me brûle.
AGATHE
Oh! je ne fuis pas fi crédule.
CLITON
Je vous dis que c'eft un feu.
AGATHE
Je vois bien que c'eft un jeu.
CLITON
Mais je vous dis què c'eft un feu.
AGATHE
Moi, je vous dis que c'eft un jeu.
CLITON
Répondez à ma tendreffe.

AGATHE
C'eſt donc là qu'étoit la Grece?
Ne penſons
Qu'à nos leçons.

CLITON
Ah! laiſſons-là nos leçons.

AGATHE
Ah! finiſſous nos leçons;
Ne parlons que de la Grece.

CLITON
Ah! laiſſons-là nos leçons;
Ne parlons que de tendreſſe.

AGATHE
Voyez à quoi je m'expoſe,
Si l'on ſait dans la maiſon,
Que c'eſt moi qui ſuis la cauſe,
Que vous perdez la raiſon.

CLITON
Hé! non, non, n'ayez pas peur
Que jamais je vous expoſe;
C'eſt le ſecret de mon cœur.

AGATHE
La colere
De ma Mere
Me fait peur.

CLITON
N'ayez pas peur;
Je ſais brûler & me taire.
C'eſt le ſecret de mon cœur.

AGATHE
Voilà le temps qui ſe paſſe.
Ah! de grace
Laiſſez moi.

CLITON
Voilà le temps qui ſe paſſe
Ah: de grace
Ecoutez-moi.
Je meurs d'amour.

AGATHE
Je meurs d'effroi.

CLITON
Non, je ne ſuis plus à moi.

Quoi! vous refufez de m'entendre?
Quoi! l'ami le plus vrai! Quoi l'amant les plus tendre
    Ne peut un moment vous parler?
Le temps de nos leçons eft le feul qu'on nous laiffe.

          AGATHE
    Maman nous obférve fans ceffe.
    Laiffez-moi ; je veux m'en aller.
          CLITON
    Si du moins j'ofois vous écrire.
          AGATHE
    M'écrire? A quoi bon? & fur quoi?
          CLITON
    Que n'aurois-je pas à vous dire!
          AGATHE
Je balance, je n'ofe, & je ne fais pourquoi;
Car enfin vos écrits font des leçons pour moi,
    C'eft m'éclairer que de vous lire.

SCENE IX.

CLITON *seul.*

Ah, je triomphe de son cœur !
Je suis aimé, je suis vainqueur.
   Quelle innocence !
   Quelle candeur !
C'est le desir dans sa naissance,
  C'est le plaisir dans sa fleur.
   Ah, je triomphe, &c.
  De l'amour, dans ma lettre,
  Le poison va couler ;
  D'un feu qui la pénétre,
  Ma plume va brûler.
   Elle lira,
   S'attendrira,
   Et dans son ame
   Un trait de flamme
   Se glissera.
Oui, je triomphe de son cœur,
Je suis aimé, je suis vainqueur.

Fin du second Acte.

ACTE TROISIEME.

SCENE PREMIERE.

A G A T H E *seule, une Lettre à la main.*

Je l'ai cette preuve parlante.
Ho! ho! l'Ami de la Maison,
Le sage si vanté, vous perdez la raison!
Rélisons sa lettre ..... Excellente!

AIR

Bon : mieux encor : oui, c'est cela ;
Le digne Mentor que j'ai là :
Le pauvre homme : c'est dommage ;
Il ne dort pas de la nuit.
C'est domm age :
Mon image
Le tourmente & e poursuit.
Bon : mieux enco^r : oui, c'est cela,
Le digne Mentor que j'ai là :
Je crois voir d'ic^i ma Mère,
Lisant ce joli poulet,
Sa surprise, sa colere
Et la mine qu'elle fait.
Son Ami ne la craint guere,
Il me le dit clair & net.
Hé : oui, vraiment, oui, c'est cela ;
C'est un trésor que je tiens là.

(Agathe baise la Lettre.)

SCENE II.

AGATHE, CELICOUR.

CELICOUR

Que vois-je! Quelle eſt cette Lettre
Qu'avec ce tranſport vous baiſez?

AGATHE

Ce n'eſt rien.

CELICOUR

Ce n'eſt rien? Voulez-vous bien permettre?

AGATHE

Non, Monſieur.

CELICOUR

Vous me refuſez?

AGATHE

Mais, ce n'eſt rien, vous dis-je.

CELICOUR

Agathe!

AGATHE

Un badinage.

Qui ne mérite pas la curioſité.

CELICOUR

Agathe!

AGATHE

Non, en vérité.
Ce n'eſt qu'un jeu.

CELICOUR

Voyons: je gage
Que cette Lettre vient du couvent.

AGATHE

Du couvent?

Non.

c

CELICOUR
Quelque Compagne chérie
Qui vous écrit, je le parie.
AGATHE
Non.

CELICOUR
Non ?

AGATHE
Non; c'eft d'un homme, êtes vous plus favant ?
CELICOUR
D'un homme ?

AGATHE
Oui, oui, d'un homme.
CELICOUR
Et vous baifez fa Lettre ?
AGATHE
Si vous voulez bien le permettre.
CELICOUR
Quelque parent ?

AGATHE
Non.
CELICOUR *vivement.*
Non! je faurai ce que c'eft ?
AGATHE
Mais, vous le faurez, s'il me plaît.
CELICOUR
Seulement voyons de quel ftyle.
AGATHE
Célicour, vous m'avez promis,
Que, fi je vous aimois, vous feriez doux, tranquille,
Modéré, docile & foumis.
CELICOUR
Vous voyez, je le fuis ; mais ....
AGATHE
Point d'impatience.
Les amants, comme les amis,
Se doivent l'un à l'autre un peu de confiance.

CELICOUR

J'en ai: mais .....

AGATHE

Croyez-vous , ou non ,

Que je vous aime ?

CELICOUR *en tremblant.*

Hélas ! je le crois .

AGATHE

Tout de bon ?

CELICOUR *de même .*

Oui , tout de bon .

AGATHE

Croyez de même ,

Qu'on ne trahit pas ce qu'on aime.

CELICOUR *vivement .*

Non ; mais pour ce qu'on aime on n'a point de fecret .

AGATHE *d'un ton impofant .*

Vous vous fâchez ?

CELICOUR *timidement .*

Moi ! Non .

AGATHE

Je veux qu'on foit difcret .

Comment ! fi j'étois votre femme ,

Monfieur , tous les matins auroit donc l'oeil au guet

Pour demander à voir le plus petit billet

Que l'on écriroit à Madame ?

CELICOUR

Hé ! non ; ce feroit abufer ....

(*vivement .*)

Mais cette lettre , enfin : je vous la vois baifer ,

Et baifer de toute votre ame .

AGATHE

Vraiment , fi je l'avois déchirée à vos yeux ,

Vous n'en feriez pas curieux ,

Je le crois bien , le beau mérite !

La confiance eft de me voir

La lire , la baifer , fans vous en émouvoir ,

Et fans me demander qui peut l'avoir écrite.

CELICOUR
Cela fe peut-il propofer ?
Là, je m'en rapporte à vous-même.
AGATHE
Oui, Monfieur, voilà comm'on aime:
Et fur la bonne foi l'on doit fe repofer.
DUO.
CELICOUR
Tout ce qu'il vous plaira,
Mais ce refus me bleffe.
AGATHE
Tout ce qu'il vous plaira,
Mais le foupçon me bleffe.
CELICOUR
Si c'eft une foibleffe,
L'amour m'excufera.
AGATHE
Si c'eft une foibleffe,
L'amour vous guérira.
CELICOUR
Et fi l'on m'aime, on me plaindra.
AGATHE
Et fi l'on m'aime, on me croira.
CELICOUR
Mais qu'eft-ce qu'il en coûte
D'appaifer fon Amant.
AGATHE
Jufqu'à l'ombre du doute,
Eft un crime en aimant.
CELICOUR
Vous me voyez tremblant;
Et de m'être infidelle
Vous faites le femblant.
AGATHE
Si ce n'eft qu'un femblant,
Et fi je fuis fidelle
Ne foyez plus tremblant.
CELICOUR
Tout ce qu'il vous plaira, &c.
AGATHE
Tout ce qu'il vous plaira, &c.

CELICOUR
He ! bien je t'en crois
Sur ta bonne foi,
A tout je m'expofe.
Je n'ai plus de doute avec toi.

AGATHE
C'eft affez pour moi,
Sur ma bonne foi,
Ton cœur fe repofe,
Je n'ai plus de fecret pour toi.

Tiens ; lis.

CELICOUR
Non , je ne veux pas lire.
Tu m'aimes, je le crois; cela me doit fuffire.

AGATHE
Lis, lis quelques mots feulement.

CELICOUR
Si tu le veux abfolument,
Il faut bien t'obéir. ... Quoi? c'eft Cliton !

AGATHE
Lui-même.

CELICOUR
Que vois-je ! Il vous dit qu'il vous aime !

AGATHE
Affurément.

CELICOUR
Et vous baifez
Cette Lettre infolente.....

AGATHE *avec impatience.*
Oh ! de grace , lifez.

CELICOUR *lit.*
„ Oui, belle Agathe, je vous aime:
„ Votre image fans ceffe en tout lieu me pourfuit.

AGATHE
Ce n'eft rien que cela, paffez à ce qui fuit.

CELICOUR *lit.*
„ Je ne me connois plus moi-même ;
„ Tous les jours enivré du plaifir de vous voir,
„ Près de vous je refpire un feu qui me confume;

„ La raiſon veut l'éteindre, & l'amour le rallume
     „ Aux foibles rayons de l'eſpoir.
ʃ, Ah! laiſſez cet eſpoir à mon ame enflammée ;
„ Livrez-vous au plaiſir d'aimer & d'être aimée :
     „ Croyez qu'il n'eſt rien ſous les cieux
     „ Ni de plus doux, ni de plus ſage.
     „ Voyez quels moments précieux
     „ L'amour attentif nous ménage.
     „ Ah, qu'ils ſeroient délicieux
     „ Si nous ſavions en faire uſage !

AGATHE

Continuez.

CELICOUR

L'audacieux!
Quel égarement ! Quel délire !

AGATHE

La fin ſur-tout eſt bonne à lire.

CELICOUR *lit.*

„ Doutez-vous que l'Hymen ne ſouſcrive à des nœuds
„ Qu'aura formé l'Amour ? Allez, ſoyez tranquille ;
     „ A votre Mere il m'eſt facile
     „ D'inſpirer tout ce que je veux ;
     „ Que n'êtes vous auſſi docile !
     „ Rien ne manqueroit à mes vœux.

AGATHE

Qu'en dites-vous ?

CELICOUR

Quelle inſolence !
Votre Mere lira cette Lettre.

AGATHE

Un moment.

CELICOUR

Moi ! garder avec lui quelque ménagement !
Non, non ; rien ne ſauroit me forcer au ſilence.

AGATHE

Vous êtes un peu vif. (*à part*) Voyons s'il eſt méchant.
Oui, vous ſerez vangé, ſi vous aimez à l'être.
     Dès que Maman va le connoître . . . . .

CELICOUR

Il aura fon congé, n'eſt-ce pas ?

AGATHE

        Sur le champ.

CELICOUR

Sans éclat.

AGATHE

      Sans éclat, peut-être.
Mais tout fe fait, le bruit en fera répandu ;
    Et les noms de fourbe & de traître
Lui feront prodigués ; c'eſt un homme perdu.

CELICOUR

Quoi'! perdu pour une folie !
Cela feroit trop férieux.

AGATHE

Vous croyez ?

CELICOUR

      Ma foi! j'aime mieux
Qu'elle demeure enfévelie.
Après tout, cet homme a des yeux,
Il vous voit tous les jours, tous les jours embellie,
    Et fans être un homme odieux
    On peut vous trouyer fort jolie.

AGATHE

Ah! je fuis tranquille à préfent :
Et, comme je voulois, cette épreuve m'éclaire.

CELICOUR

Serai-je digne de vous plaire,
Digne de vous aimer, fi j'étois malfaifant ?
      (*Il veut déchirer la Lettre.*)

AGATHE

Ne déchirez pas.

CELICOUR

      Bon! Pourquoi?.

AGATHE

        Je veux lui faire
Peu de mal, mais beaucoup de peur.
Ce n'eſt pas trop, je crois, pour punir un trompeur.

CELICOUR
Oh ! non .

AGATHE
   Vous ferez en colere,
Et Cliton, pour vous appaifer,
N'ayant rien à vous refufer,
Lui-même à nous unir engagera ma Mere.

CELICOUR
A merveille ! Au moyen de fa Lettre .... Oui, je vois,
Belle Agathe, & je fens tout ce que je vous dois .
  (*Il fe jette à fes génoux, & lui baife la main .*)

SCENE III.

CLITON , CELICOUR, AGATHE.

  AGATHE, *appercevant Cliton.*
   (*bas*) (*haut*)
Voici Cliton ! Quelle folie !
Un Capitaine à mes génoux !
Eft-ce là votre pofte ?

CELICOUR
    Il me feroit bien doux.

AGATHE
Si votre Colonel vous voyoit ?

CELICOUR
     De fa vie
Il n'auroit été fi jaloux.

AGATHE
Allons, finiffez, levez-vous.

CELICOUR
Songez que dans peu je vous quitte .

AGATHE
Ne m'avez-vous pas fait vos adieux ? Tout eft dit.

Allez vous en bien loin , & m'oubliez bien vîte .
CLITON (*à part*)
Bon ! Comme il a l'air intérdit !
(*à Célicour*) Ah ! je vous y prends , petit traître ,
Petit féducteur ; c'eft ainfi
Que de la liberté que l'on vous donne ici ! ....
Je fuis ravi de vous connoître .
CELICOUR
Qu'ai-je fait ?
CLITON
Vous croyez peut-être
Que je n'ai pas vu , libertin !
AGATHE
Oui , grondez-le bien fort , car c'eft un vrai lutin .
CLITON

AIR.
Tremblez , jeune infenfé .
Sa Mere va m'entendre ,
Et vous ferez tenfé .
Demain , fans plus attendre ,
Partez , partez d'ici ;
Agathe le veut ainfi .
Voyez-vous dans fa rougeur
Comme fa colere éclate ?
Appaifez-vous , belle Agathe ,
Je ferai votre vengeur .
Tremblez , jeune infenfé , &c.

CELICOUR
Qu'elle ordonne , il fuffit ; mais vous , il vous fied bien
D'employer ici la ménace ?
Vous voulez me chaffer , & c'eft moi qui vous chaffe .
(*Il lui montre la Lettre.*)
Voilà votre congé , bien plus fûr que le mien .
CLITON (*à Agathe*)
Quel eft ce congé ?
AGATHE
Ce n'eft rien .
C'eft ce billet , ce badinage ,
Que vous m'avez écrit .

CLITON
Il l'a vu?

CELICOUR (*à part*)
Le courage
Va lui manquer.

CLITON
Oh Ciel!

AGATHE
Ne soyez point fâché.
C'eſt mon Couſin: pour lui je n'ai rien de caché.

CLITON
Je ſuis trahi, perdu.

CELICOUR
J'aime à voir de quel ſtyle
Un ſage écrit à ſa pupille.
Libertin! ſéducteur!

CLITON
J'avois perdu l'eſprit,
Je l'avoue. Ah! rendez, rendez-moi cet écrit.

CELICOUR
Non.

CLITON
De grace!

CELICOUR
Peine inutile.

CLITON
Agathe!

AGATHE
Allez, ſoyez tranquille,
Il ne le montrera qu'à ma Mere.   (*Elle ſort.*)

SCENE IV.

CELICOUR, CLITON.

(*A part*)   CLITON

Ah ! ferpent !

Que vais-je devenir, fi cela fe répand ?

D U O.

CLITON

J'ai fait une grande folie ;
Je le fens bien.

CELICOUR

Je le crois bien.

CLITON

Hélas, quel malheur eft le mien !
Mais quoi ! le plus fage s'oublie.

CELICOUR

On ne peut pas toute fa vie
Jouer fi bien l'homme de bien.

CLITON

Souvent le plus fage s'oublie.

CELICOUR

Souvent le plus rufé s'oublie.

CLITON

J'ai fait une grande folie.
Hélas, quel malheur eft le mien !

CELICOUR

On ne peut pas toute fa vie
Jouer fi bien l'homme de bien.

CLITON

Mon cœur me le reprochoit bien ;
Mais Agathe eft fi jolie !

CELICOUR

Oh ! très-jolie !
Oui, j'en conviens.

CLITON

N'en dites rien, je vous fupplie,
Dans la maifon, n'en dites rien.

CELICOUR

Pour cela, non; je vous fupplie
De trouver bon qu'il n'en foit rien.

CLITON

J'ai fait une grande folie, &c.

CELICOUR

Finiffons. Vous avez du crédit fur ma Tante,
A garder le fecret voulez-vous m'engager?

CLITON

Si je le veux!

CELICOUR

Je puis encore vous ménager:
J'aime Agathe; à mes voeux que fa Mere confente,
Et je veux bien tout oublier.

CLITON

Que n'ai-je le crédit dont je vois qu'on me flatte!
Mais ....

CELICOUR

Point de *mais*, je n'ai qu'un mot; la main d'Agathe;
Si non, je vais tout publier.

SCENE V.

CLITON *seul.*

AIR

Ah ! quelle adreſſe !
La traîtreſſe !
Comment prévoir
Un trait ſi noir :
Ah ! mon ivreſſe,
Ma tendreſſe,
Ne m'a fait voir
Qu'un fol eſpoir.
C'eſt par moi, par moi-même
Qu'elle a ſu me punir ;
A mon rival qu'elle aime,
C'eſt moi qui vais l'unir !
Dans ce péril extrême
Sauvons du moins l'honneur,
Faiſons .... quoi ! leur bonheur :
   Ah ! quelle adreſſe ! &c.

SCENE VI.

ORFISE, CLITON.

ORFISE *avec émotion.*

Vous êtes-là, Cliton, bien calme & bien tranquille;
Et moi je fuis dans la douleur.
Ma Fille....

CLITON
Eh bien?

ORFISE
Votre pupille....

Vous avez prédit mon malheur.
Elle est amoureuse, à son âge,
De mon étourdi de Neveu;
Et mon Frere, cet homme fage,
Me demande, à moi, mon aveu.

A I R
Il est bien temps qu'on me confulte.
Ah! mon ami,
C'est une infulte,
Et de douleur j'en ai frémi.
Pour me tromper tous deux s'entendre!
Trahir une Tante, une Sœur!
Ah! mon ami, quelle noirceur,
Séduire un cœur facile & tendre!
Et puis venir me dire, à moi,
Ma Sœur, l'Amour nous fait la loi!
Non, non, qu'ils ceffent d'y prétendre.
Non, Cliton, ce n'est pas à moi
Qu'un fol amour fera la loi.
Mere imprudente, à quoi m'expofe
Ma foibleffe & ma bonne foi!
De mon malheur je fuis la caufe.
Dans votre fein je le dépofe.
Fidele ami, fecourez-moi:
Je n'ai que vous, fecourez-moi;

Il eſt bien temps qu'on me conſulte.
Ah! mon ami,
C'eſt une inſulte,
Et de douleur j'en ai frémi.

CLITON

Eh! Madame, l'on fait que vous êtes ſi bonne.

ORFISE

Je le ſuis; mais non pas aſſez
Pour former ces noeuds inſenſés.
N'ayez pas peur que j'abandonne
Ma Fille à ſes folles amours;
Et pour en abréger le cours
Je vais lui déclarer l'époux, que je lui donne.

CLITON

Vous avez fait un choix?

ORFISE

Oui, le choix d'un époux
Aimable, & vertueux, éclairé, ſage & doux,
D'un caractere honnête & d'un eſprit ſolide,
Qui fera ſon ami, ſon conſeil & ſon guide;
Et cet homme unique, c'eſt vous.

CLITON

Moi! Madame?

ORFISE

Oui, vous-même.

CLITON

Ah! maudite imprudence!

ORFISE

Ma Fille eſt ſous ma dépendance;
Je diſpoſerai de ſa maine;
Et, quant à mon Neveu, nous nous quittons demain.

CLITON *à part.*

Qu'ai-je fait?

SCENE VII.

ORFISE, CLITON, ORONTE, AGATHE, CELICOUR.

ORFISE

Oui, demain nous nous quittons, mon Frere.

ORONTE

Ma Soeur, en vérité je ne fais pas pourquoi
Vous vous êtes mife en colere :
Nos enfants s'aiment ; je n'y voi
Ni crime, ni malheur.... Ils font de bonne foi,
Et tous deux en âge de plaire ;
Vous êtes plus riche que moi.
Voilà tout.

ORFISE

Fi, Monfieur ! quelle indigne penfée !
Riche ou non, votre Fils eft un jeune étourdi,
Ma Fille une jeune infensée.
Moi, Monfieur, je fuis mere & je fuis offensée ;
Ils ne fe verront plus, c'eft moi qui vous le dis.

ORONTE

Voulez-vous que ce foit la raifon qui l'emporte,
Ma Soeur ? prenons quelqu'un qui nous mette d'accord.
Cliton, votre ami, peu m'importe.
C'eft à lui que je m'en rapporte ;
Et je céderai, fi j'ai tort.

ORFISE

Vous prenez Cliton pour arbitre ?

ORONTE

Oui, ma Soeur : n'eft-ce pas un fage ?

ORFISE

Afsurément.

ORONTE
Eh bien! qu'il nous juge à ce titre.
ORFISE
Volontiers, je fouſcris d'avance au jugement.
ORONTE
Sans appel?
ORFISE
Sans apppel. La faveur n'eſt pas grande.
ORONTE
C'eſt tout ce que je vous demande.
Ça, notre Juge, allons, prononcez librement.
CLITON (*a part.*)
Que dirai-je?
CELICOUR (*bas.*)
Parlez, ou je parle moi-même.
CLITON
Vous avez fur Agathe un empire fuprême,
Madame, & vos defirs font pour elle des loix.
ORFISE *à* ORONTE.
Eh bien!
CLITON
Mais une mere à fes enfants, qu'elle aime,
De fon autorité ne fait fentir le poids
Qu'avec une douceur extrême.
ORFISE.
Ne m'avez-vous pas dit cent fois
Qu'il feroit imprudent de les unir enfemble?
CLITON
Oui (*) ..... Mais à préfent il me femble
Plus dangereux encor d'exercer tous vos droits.
ORFISE
Monfieur, point de foibleffe & point de déférence.
Bas.
Voulez-vous leur donner fur vous la préférence.
CLITON
Ah! Madame, je fens tout ce que je vous dois.

(*) *Chaque fois que Cliton paroît pancher du côté de la Mere,
Célicour lui montre la Lettre, & la peur lui fait changer d'avis.*

ORFISE

Prononcez donec.

CLITON

J'héfite, & ce n'eſt pas sans cauſe.
A des regrets ſans doute un fol amour expoſe .....
Mais Agathe a choiſi; je ſoufcris à ſon choix.

ORFISE

Mais, Monſieur, c'eſt à vous que ma Fille eſt promiſe;
Et c'eſt à moi qu'elle eſt ſoumiſe.

ORONTE & CELICOUR *enſemble.*

Lui! lui! L'époux d'Agathe!

CLITON

Ah! Madame, ceſſez
D'affliger ces deux coeurs que l'amour a bleſsés.

ORFISE

C'eſt vous, Cliton! c'eſt vous qui voulez que je livre
Ma Fille à ce jeune homme!

CLITON

Oui; faiſons deux heureux:
Madame, auprès de vous, ſous vos yeux ils vont vivre,
Et vous ferez ſage pour eux.

ORFISE

Non, cela n'eſt pas concevable.
Quel homme!

ORONTE

Allons, ma Soeur.

ORFISE

Je l'avoue, il m'accable.

ORONTE

Ici les vains détours ne ſont plus de ſaiſon;
Il faut céder.

ORFISE

Je cede.

CELICOUR

Ah, Madame!

AGATHE

Ah, ma Mere!

ORFISE

Rendez-lui grace.

ORONTE

Eh bien! n'avois-je pas raifon?

CÉLICOUR

à part, rendant la Lettre à Cliton.

Tenez, l'homme de bien: je me tais; mais j'efpére
Que vous ne ferez plus l'Ami de la Maifon.

QUINQUE.

ORFISE

Le voilà le vrai modele
De la candeur & du zele;
Le vrai fage, le voilà.
Je veux que de ce trait-là
Soit fait un récit fidele.
Dans mille ans on le lira.
En le lifant on dira:
Le voilà le vrai modele
Des Amis de ce temps-là.

ORONTE, AGATHE, CÉLICOUR *en ironie.*

Le voilà le vrai modele
De la candeur & du zele, &c.

CLITON *à part.*

Le voilà, le vrai modele
De la malice femelle
Et fa dupe, la voilà.
Comptez, après ce trait-là,
Sur la candeur d'une Belle.
En me voyant on dira:
Tu croyois te jouer d'elle,
Pauvre fot, qu'as-tu fait-là?

F I N.